Dütt und Datt

op hoch und platt

von Marlies Hachenberger

Impressum

Bibliografische Information der Deutschen Nationalbibliothek: Die Deutsche Nationalbibliothek verzeichnet diese Publikation in der Deutschen Nationalbibliografie; detaillierte bibliografische Daten sind im Internet über dnb.dnb.de abrufbar.

Verlag: BoD · Books on Demand GmbH,
In de Tarpen 42, 22848 Norderstedt
Druck: Libri Plureos GmbH, Friedensallee 273,
22763 Hamburg

ISBN: 978-3-7693-2006-0

FSC
www.fsc.org
MIX
Papier aus verantwortungsvollen Quellen
Paper from responsible sources
FSC® C105338

Vorwort

Als ich 4 Jahre alt war, zog unsere Mutter mit meinem Bruder Jochen und mir auf die Insel Pellworm. Wir waren aus Hamburg geflüchtet, vor dem letzten großen Luftangriff auf die Stadt

Auf Pellworm lernte unsere Mama unseren Stiefvater kennen, und 1950 haben die beiden geheiratet. Einen besseren Vater hätten wir uns nicht wünschen können. 1949 kam unsere kleine Schwester Rosi auf die Welt.
Ich möchte sagen, eine schönere Kindheit könnte ich mir nicht vorstellen. Ich liebe die Insel und vor allem auch die plattdeutsche Sprache.
Im Folgenden schreibe ich auf Hochdeutsch und Plattdeutsch ein paar kleine Geschichten aus meinen frühen Lebensjahren.
Ich wünsche euch viel Spaß beim Lesen.

De Reis in de Stadt

Disse lüttje Geschicht speelt in 1953 un is warafti passeert. Op uns Insel geev dat een goden Dokter, awer wenn dat nich so'n alldägliche Krakheiten weern, de uns plagen, schickte uns de Dokter to'n Facharzt na Husum. För uns weer so'n Fohrt na Husum immer een halve Weltreis. Een Dach vörher keemen de besten Kleeder ut'n Schapp, un den nächsten Dach fröh'morgens güng dat denn mit de grote Damper na Husum. Uns Oma was noch nie vun de Insel runner kommen, un nu moesten wi mit ehr na de Chirurg in Husum. Ik weer domols jüs twölw un ik freit mi bannig, datt ik mit Modder un Oma na Husum fohren kunn. Toerst fohrten wi mit Heini Bus na de Damper, denn güng dat öwer dat Dwarsloch an Südfall vörbi Richtung Husum. Wi harrn Gott si Dank beste Wedder, so datt dat Schipp ruhig leep.
In Husum güng uns erste Wech na de Dokter. Ok domols harr man een tämlige Tied to töben, denn de Lüüd in witt harrn bannig veel so don. As wi wedder buten weern, muss min Modder

erst eenmol na de Krankenkass, denn to de Tied kreegen wi tatsächlich noch dat Fohrgeld torüch.

Oma un ik sind in de Stadt rin goan, un uns Oma full'n meis de Ogen ut de Kopp, wat dat alles so to kopen geev. Na een gode Stünn harr Oma vun all dat Kieken un ok dat Lopen op Steen de Nees full, un wi hem uns in een Kaffestuv sett. Een junge Deern mit een witte Schört bröcht uns de Koart, un wi hebbt uns wat bestellt. Bevör dat nu losgüng mit Kaffee un Koken, muss Oma mol dorhenn, wo ok de Künnich to Fot henn geiht.

Wi funnen ok gau de Dör, wo „Damen" op stünn. Toerst keemen wi awer in een Vörruum, dor weer op de linke Sied een große Speegel, un rechts weern een Waschbecken, un liekut weer de twee Dööрn na de Klosetts.

Oma bleev in de Mitt' vun de Ruum stahn un keek mächti verbiestert. Se keek in de Speegel, keek na dat Waschbecken, heevt gans langsam ehr Rock hoch, keek noch eenmal na dat Waschbecken, let den Rock wedder dal un secht to mi:

„Nee, mi lüttje Deern, dor koam ik nich ropp."

„Nee, Oma, dor musst Du ok nich ropp.“ sech ik un moak een vun de beiden Döörn op, „dor musst du rin!“

Ik kunn meis sehn, wi uns Oma de große Steen vun eern Hart full. Se hoalt deep Luft un secht: „Minsch, wat een Glück“!

Ein Bild der Kirche auf Pellworm.

Die Reise in die Stadt

Diese kleine Geschichte spielt 1953 und ist wirklich passiert. Auf unserer Insel gab es einen guten Doktor, aber wenn es sich nicht um alltägliche Krankheiten handelte, schickte er uns zum Facharzt nach Husum.

Für uns war die Fahrt nach Husum eine halbe Weltreise. Ein Tag vorher holten wir die besten Kleider aus dem Schrank, damit wir für die Stadt auch gut angezogen waren. Am nächsten Tag, meistens am frühen Morgen, ging die Fahrt mit dem Fährschiff nach Husum. Unsere Oma war noch nie von der Insel runtergekommen, und nun mussten wir mit ihr zum Chirurgen nach Husum. Ich war damals 12 Jahre alt und habe mich riesig gefreut, dass ich mit Mutti und Oma in die Stadt fahren durfte. Mit dem Inselbus ging es zum Hafen und aufs Schiff. Wir hatten schönes Wetter, und das Schiff hat nicht geschaukelt.

In Husum ging unser erster Weg zum Doktor. Wir mussten ein bisschen warten, er hatte viel zu tun. Als wir wieder draußen waren, musste

Mutti zuerst zur Krankenkasse, denn zu der Zeit bekamen wir noch unser Fahrgeld zurück.
Oma und ich gingen in die Stadt. Unsere Oma konnte gar nicht fassen, was es in den Geschäften alles gab. Nach gut einer Stunde hatte Oma die Nase voll vom vielen Laufen, und wir setzten uns in ein Café. Ein junges Mädchen mit einer ganz weißen Schürze brachte uns die Karte, und wir bestellten etwas.
Bevor die Sachen kamen, musste Oma noch einmal dorthin, wo der Kaiser zu Fuß hingeht. Wir fanden die Tür, auf der „Damen“ stand. Zuerst kamen wir in einen kleinen Vorraum. Da war auf der linken Seite ein großer Spiegel, rechts das Waschbecken, und geradeaus führten zwei Türen zu den Toiletten.
Oma blieb in der Mitte des Raumes stehen und guckte ganz verschüchtert. Sie guckte in den Spiegel, guckte auf das Waschbecken, hob langsam ihren langen Rock hoch, guckte wieder aufs Waschbecken, ließ den Rock fallen und sagte:
„Nee, men lüttje Deern, dor kam ik nich ropp.“
„Nein, Oma, da musst du nicht rauf“, sagte ich

und machte eine der Toilettentüren auf.
„Da musst du rein." Ich konnte sehen, dass Oma ein großer Stein vom Herzen fiel.
„Was ein Glück."

Nix funnen Herr Dokder

Lorns harr verdammt grote Wehdooch. He quäld sik dormit schon een ganze Week rum, un dat will un wull nich bedder warn. De Wehdooch harr he besonners in sin Unnerlief. Ass sin Fruu dat Gejammer von ehrn Mann nich mehr hörn kunn, secht se: „Du musst na de Dokder."

„Na de Dokder, watt schall ik denn dor? Ik meen, meis de Wehdooch sünn all een beten bedder woarn."

„Nee, Du geihst na de Dokder, hüt noch, din Gejammer is jo nich uttohooln."

So schnappt Lorns sik sin Rad un foahrt öwer de ole Karkchaussee üm de Egg in de Liliencronwech rin, wie disse Stroot hütodoachs heet un wor fröher dat Dokderhuus stunn. Een ganze Tied muss he in de Töwruum sitten, awers dat weer nich so schlimm, denn sin Naobor Fiete weer ok jüs bi de Dokder. Fiete weer jüs dorbi, Lorns sin Swin to koapen, as de de Dokder Lorns oppreep.

„Guten Tag, Lorenz, wie geiht es Ihnen?"

„Gornich good, Herr Dokder, ik heff de letzde

Tied son Wehdooch hier ünnen!“

De Dokder ünnersöcht Lorns een ganze Tied un secht denn: „Ja, Lorenz, ik kann weiter nichts feststellen, aber vielleicht haben Sie sich eine Blasenerkältung zugezogen. Am besten bringen Sie mir in den nächsten Tagen etwas Urin vorbei.“

Lorns weer disse ganze Snackerie von de Dokder tämlig pienli un so secht he gau: „Joa, Joa, Herr Dokder, dat moak ik denn!“

Een Week später weer Lorns wedder bi de Dokder.

„Na Lorenz, geiht es schon besser?“

„Nee, Herr Dokder, mi geiht dat schlechter.“

„Haben Sie denn Urin mitgebracht, Lorenz?“

„Nee“, secht Lorns, „ik heff dat ganze Huus oapdoal hat, awers Urin heff ik nich funnen!“

Dat weer veellich beeter weesen, wenn de Dokder dat Wurd „Urin“ op Plattdüütsch mit „Piss“ översett harr. Diese lüttje dönjje is tatsächli passiert, awer mit anner Lüüd.

Nichts gefunden, Herr Doktor

Lorenz hatte sehr starke Schmerzen. Er quälte sich schon eine ganze Woche damit herum, und es wurde einfach nicht besser. Die Schmerzen hatte er besonders im Unterleib. Als seiner Frau das Gejammer zu viel wurde, sagte sie zu ihm: „Du müsst zum Doktor."

„Zum Doktor, was soll ich denn da? Ich meine, die Schmerzen sind schon besser geworden."

„Nein, du gehst zum Doktor, heute noch. Dein Gejammer ist ja nicht auszuhalten."

Also schnappte er sich sein Fahrrad und fuhr über die alte Kirchchaussee um die Ecke in den Liliencrumweg, wie die Straße heute heißt, wo früher das Ärztehaus stand. Eine ganze Weile saß er im Wartezimmer, aber das war nicht schlimm, weil sein Nachbar Fiedel auch gerade beim Doktor war. Fiedel war gerade dabei, von Lorenz ein Schwein zu kaufen, als Lorenz aufgerufen wurde.

„Guten Tag Lorenz, wie geht es Ihnen?"

„Gar nicht gut, Herr Doktor, ich habe in der letzten Zeit immer Schmerzen hier unten."

Der Doktor untersuchte ihn und sagte dann: „Ja, Lorenz, ich kann weiter nichts feststellen, aber vielleicht haben Sie sich die Blase erkältet. Am besten, Sie bringen mir in den nächsten Tagen etwas Urin vorbei.“
Lorenz war das ganze Gerede vom Doktor sehr peinlich, und er sagte schnell: „Ja, Herr Doktor, das mache ich dann.“
Eine Woche später war Lorenz wieder beim Doktor.
„Na, Lorenz, geht’s schon besser?“
„Nein, Herr Doktor, mir geht’s schlechter.“
„Haben Sie mir Urin mitgebracht?“
„Nee“, sagte Lorenz, „ich habe das ganze Haus abgesucht, aber Urin habe ich nicht gefunden!“
Es wäre vielleicht besser gewesen, wenn der Doktor das Wort „Urin“ auf Plattdeutsch übersetzt hätte, denn ein bisschen „Pisse“ hätte Lorenz wahrscheinlich verstanden. Diese kleine Geschichte ist wirklich so passiert, natürlich aber mit anderen Personen.

Uns Roadio

Op Simmelund seeten wi de meiste Tied in de Kök üm de grote Disch herum. Uns Vadder seet jümmer op sin Platz an't Enne von de Disch, un jüs öwer disse Platz stunn uns Roadio op een holten Board. Disse Roadio weer so een ole Volksempfänger ut Bakkelit un een runnende Gardien. Wenn dat wat Godes un opregendes in't Radio geev, seeten Jochen un ik op uns Vadder sin Knee un luurten, wat dor in't Roadio so alles afleep. Min Modder pötscherte dorbi wie jümmer in de Kök rum.

Eenmoal geev dat de Nibelungengeschicht op Plattdüütsch. As se vertellten, dat Siegfried mächtig achter Kriemhild her weer un Brunhild op de anner Sied achter Siegfried, dor seeg min Modder:

„Dat is jo an un för sik nix för Kinner."

„Doch", seegt Vadder, „loat se dat man hörn, so is dat Leeven eben."

As disse Deel vun de Geschicht to Een güng, weer Hagen Tronje so in brass, dat Siegfried noch nich dod weer, dat he sik de Kömbuddel snappt un sik ordentli een achtert Korsett bruust hett. Wi Kinner hem dat nich so richti verstaan, awer uns Vadder kunn sik gornich mehr inkriegen för Lachen. Jochen froagt denn noch, op uns Vadder ok all moal so wat maokt harr.

„Nee, nee“, seegt Vadder, „noch nie.“

Dor keem een düstere „Na, na“ vun de Herd, wo uns Modder stunn. Mehr hett se awer nich seegt. Wi Kinner harrn to girn wuss, wat dat mit disse achtert Korsett bruusen op sik harr, awer wi mussen in’t Bett. Joa, mit unserste Roadio harr wi een Barg Spoos.

Ähnlich dem Bild kann man sich den alten Volksempfänger, bzw. das Radio, vorstellen

Unser Radio

Auf Simmelund (Pellworm) saßen wir die meiste Zeit in der Küche um den großen Tisch. Unser Vater hatte seinen Platz am Ende des Tisches, und über diesem Tisch stand unser Radio auf einem Regal. Das Radio war ein alter Volksempfänger aus Bakelit, mit einem runden Lautsprecher und einer Gardine davor. Wenn es etwas Interessantes im Radio gab, saßen mein Bruder und ich beide auf einem Knie unseres Vaters und lauschten, was es alles zu hören gab. Unsere Mutter hatte immer nebenbei etwas zu tun.

Einmal gab es die Nibelungen Sage auf Plattdeutsch. Es wurde erzählt, dass Siegfried hinter Kriemhild her war und Brunhild hinter Siegfried. Da sagte unsere Mutter: „Das ist wirklich nichts für Kinder."

„Doch", sagte unser Vater, „lass sie es mal hören, das ist nun mal das Leben."

Als dieser Teil der Geschichte im Radio zu Ende ging, war Hagen Tronje so wütend, dass Siegfried noch am Leben war, dass er sich die

Kornflasche schnappte und sich ordentlich ein „achtat korset bruust hät“[1]. Wir Kinder hatten das nicht so richtig verstanden, aber unser Vater konnte sich vor Lachen gar nicht mehr beruhigen. Mein Bruder fragte dann, ob unser Vater auch mal so etwas gemacht hätte.

„Nein, nein“, sagte unser Vater, „noch nie!“

Da kam ein düsteres „Na, na…“ vom Herd, wo unsere Mutter stand. Mehr hat sie aber nicht gesagt.

Wir Kinder hätten gerne gewusst, was es mit diesem „achtat korset bruust“ auf sich hatte, aber wir mussten ins Bett.

Ja, mit unserem Radio hatten wir eine Menge Spaß.

---

[1] „Sich ordentlich betrinken.“

Dat Bad in de Göösedränk

As Rosi, uns lütje Swester, nu beide ole Poppen vun mi, ehr groot Swester, entweit harr un dor ok gornix schniekes meer an de Poppen weer, geev dat vun de Wienachtsmann een gans wunderbore niee Popp. Ik meen, de Wiehnachtsmann weer een richtig Künstler, dat he disse feine Popp funnen harr. Disse Geschicht speelt nämli in de Naokriegstied, un wer disse Tied erleevt hett, de weet, wi swor dat weer, so een feine Popp to kriegen.

Nu harr Rosi een Popp, de ehr gans alleine höört. Un se döppt disse Popp op de Naam Wita, Roswitha weer to lang, dat kunn se nich uutspreken. Se weer so glücklich mit ehr nie Popp, dat se Wita överall mit hensleepte.

Eensdach stunnen wi an'n Köh op'n Fenn, de een bet wedder wech weer. Wi fohrten mit de Flott un de Melkkannen na de Köh, henn to't Melken. Op eenmol kriecht Rosi los, dat ehr Wita bit Hus bleven weer. Ik muss doch warhaftig den ganzen Weg torüch lopen un de Popp holen. Rosi meent, dat Wita de ganze Tied weenen wör, wenn ik se nich hole. Ik weer bet mulsch, un weente de Popp ok nich, awer min lütje Swester weer glücklich, as se ehr Wita wedder harr.

To'n Melken heff wi Wita nich mehr vergeten. Eenmol harr ik se ut Sporn in de leere Melkkann sett un den Deckel drupp maakt. Daar weer dat Geschrie ok tämli groot. Joa, Wita weer dat wichtigste för uns Schwestern.

Eensdach, dat weer so een richtig hidde Sommerdach, meent Rosi, dat dat so langsam an de Tied weer, eer Wita moal boaden. Op'n Platz för dat Hus harrn wi för de Göös un Aonten een flache Boddich vull Woater opstellt. Dat weer de richtige Boadewann för Wita, meent Rosi. Se kreeg ehr Wita bi de Wickel, trok ehr Kleeder un Unnerbüx ut un denn man rin int schöne warme Woater. Dormit Wita fein rein woar, leet Rosi se mächti lang in de „Boadewann" smooren. As se denn de Popp rutnahm, weer daar bloß noch een Kopp. De Rest harr sik oplöst, denn Pappmachee kunn woal keen Woater af. De Kopp weer ut Bakelit, daar weer dat nich so schlimm. Ik meen, dat de gröste Schock vun ehr Leven, as Rosi blot noch de Kopp ruttrecken de. Se brüllt dat ganze Hus tosamen un wiist bloß immer wedder mit ehr lütje Finger op de Kopp vun de Popp un huult, dat Köh un Schoap affhauten. Dat weer warhaftig een groot Stück Arbeit, bit wi Rosi beruhigt harrn. Dat kunn bloß so goan, dat se gau een nie Popp kreeg.

As se disse Popp harr, schull se awer nich Wita heeten. Wita weer eben Wita un disse nie Popp weer bloß een Popp un kreeg ok bloß den Naam „Popp“. Wi dachten all, dat se ehr Wita mit de Tied vergeeten kunn.

Nu weer dat so, dat paar Moand later grote Husreinmoken anstunn. Allens wat nich fastbunnen weer, keem na buten üm de Stovv dor rut to kriegen. Bi disse Törn funnen wi op Kökenschapp de Kopp von Wita. As dat passierte wuselt Rosi ok jüs dör de Kök un as se de Kopp to Gesich kreech güng de Sünn in disse Gesich op. „Och kiek mal“, riep se, „dat is min Wita!“ Se snappt sik glik de Kopp, trock em een Kleed an bunn dat an de Hals fast un lecht Wita in ehr Kinnerwoagen. De anner Popp, de jo bloß

„Popp“ heeten de, keem erst mol in de Eck. Af disse Dach fohr se mit ehr Wita in de Kinnerwoagen spazeeren, geev ehr wat to eeten un keek de anner Popp nich mehr an.

Joa, so kann dat koamen. Wenn dat mol een richtig grote Leev in’t Leven gifft, denn blifft man dorbi un let sik nich so gau wedder scheiden. Kinner weet dat.

Das Bad in der Gänsetränke

Als Rosi, unsere kleine Schwester, die beiden Puppen von mir, ihrer großen Schwester, so kaputt gespielt hatte, dass nichts Schönes mehr daran war, gab es vom Weihnachtsmann eine ganz wunderbare neue Puppe. Ich meine, der Weihnachtsmann ist fast ein richtiger Künstler, dass er diese feine Puppe gefunden hat. Diese Geschichte spielt sich nämlich in der Nachkriegszeit ab, und wer diese Zeit erlebt hat, weiß, wie schwer es war, so eine tolle Puppe zu finden.

Nun hatte Rosi ihre erste eigene Puppe. Und sie taufte sie auf den Namen Wita. Roswita war ihr zu lang, das konnte sie nicht aussprechen. Sie war so glücklich mit ihrer neuen Puppe, dass sie Wita überall mit hinschleppte.

Unsere Kühe standen auf einer Weide, die etwas weiter weg war, und wir fuhren mit den Handwagen, auf denen die Milchkannen standen, zu den Kühen, um sie zu melken. Auf einmal schrie Rosi los, dass ihre Wita zu Hause geblieben war. Ich musste doch tatsächlich den ganzen Weg zurücklaufen und ihre Puppe holen. Rosi meinte, dass Wita die ganze Zeit weinen würde, wenn ich sie nicht holen würde. Ich war etwas maulig, und geweint hatte die Puppe auch nicht, aber meine kleine Schwester war glücklich, als sie ihre Wita wieder bei sich hatte. Zum Melken haben wir Wita nie wieder vergessen. Einmal hatte ich aus Spaß Wita in eine leere Milchkanne gesetzt und den Deckel daraufgesetzt. Da war das Geschrei von Rosi sehr groß, Wita war nun mal das Wichtigste für sie.

Eines Tages, an einem richtig heißen Sommertag, meinte Rosi, dass es so langsam Zeit wäre, ihre Wita mal zu baden. Auf einem Platz vor unserem Haus hatten unsere Gänse und Enten einen flachen Bottich voll Wasser stehen. Das wäre die richtige Badewanne für Wita, meinte Rosi. Sie zog der Puppe das Kleid und die Unterhose aus, und dann rein ins schöne warme Wasser. Damit Wita so richtig sauber wurde, ließ Rosi sie lange in der Badewanne einweichen. Als sie die Puppe rausholte, war da bloß noch ein Kopf, der Rest hatte sich aufgelöst, denn Pappmaché konnte das Wasser wohl nicht ab. Der Kopf war aus Bakelit, da war das nicht so schlimm. Ich denke mal, das war der größte Schock in ihrem Leben, als Rosi nur noch den Kopf rauszog. Sie schrie das ganze Haus zusammen und zeigte immer mit ihren kleinen Fingern auf den Kopf der Puppe. Sie schrie, dass Kühe und Schafe sich verkrümelten.

Es war viel Arbeit, bis wir Rosi beruhigt hatten. Das konnte nur so gehen, dass sie schnell eine neue Puppe bekam. Die neue Puppe sollte jedoch nicht Wita heißen. Wita war eben Wita, und die neue Puppe war nur eine Puppe. Und die hatte dann auch nur den Namen „Popp". Wir dachten alle, dass sie wohl mit der Zeit ihre Wita vergessen würde.

Nun war es so, dass ein paar Monate später zu Hause Großreinigung anstand. Alles, was nicht festgebunden war, kam nach draußen, um den ganzen Staub rauszukriegen. Dabei fanden wir auf dem Küchenschrank den Kopf von Wita wieder. Als das passierte, lief Rosi gerade durch die Küche, und als sie den Kopf zu Gesicht bekam, ging die Sonne in ihrem Gesicht auf.

„Ach, guck mal“, sagte sie, „da ist ja meine Wita.“

Sie schnappte sich gleich den Kopf. Sie zog ihr ein Kleid an, das sie am Hals festband, und legte sie in ihren Puppenwagen. Die andere Puppe, die ja bloß Popp hieß, kam erst mal in die Ecke. Ab diesem Tag fuhr sie nur noch mit Wita in ihrem Puppenwagen spazieren, gab ihr was zu essen und guckte die andere Puppe nicht mehr an.

Ja, so kann es kommen. Wenn es mal eine richtig große Liebe im Leben gibt, dann bleibt man dabei und lässt sich nicht gleich wieder scheiden. Kinder wissen das.

symbolische Darstellung der Wasserstelle auf dem Hof.

De Middachssloap

Wenn ik so torüch denk, kann ik seegen, datt uns Vadder Johann de fliddigste Minsch op disse Weld weer. De ganze Dach un ok Awens noch harr he immer watt to doan. Bloat een lütje Middachstün, meist weer datt bloat een halve Stünn, de nümm he sik immer. Doröver gifft dat een lütje döntje, de geiht so:
Min Mann un ik un uns Kinner hefft öfters de grooten Ferien op Pellworm verbröcht. De Kinner funnen datt bi Oma un Opa wunnerbor, ok wenn de Lüüd rundherüm so een beten unheili snackten. Awers na een poor Doach verstunnen se eern Opa un de annern Lüd gans god.
Meist weer in de groote Ferien Kurntied. Dach un Nach weern de Maidöscher op de Feller to gang un Trekker mit twee Anhänger foorten, dat Kurn nat Siel, wo dat Kurn glik int Shipp load wur oder in groot Silos bi de HaGe inlogert woor. Uns Vadder weer to disse Tiid bi de HaGe as Möhlenmeister anstellt. He weer doför verantwortli, datt de ganze Maschinerie richti

leep un dat richtige Kurn in de richtige Silo keem. To de Kurntid geev datt bi de HaGe urdentli watt to doan. De Trekker mit de Anhänger vull von Kurn stunnen manchmol in een lange Reech un töwten bitt se utloaden oder weegen können. In disse Tid geev dat ok keen Sündag, denn dat Kurn kunn joa ok nich op de Feller stoahn bliwen. So keem dat, datt uns Vadder ok sündags arbeiten muss. He weer dorüm ok de ganze Dach dor uns Modder meint, datt wi uns Vadder bi sin Arbeit mol besöken schullen. Wi also henn na de HaGe un hem uns Vadder dor de ganze Tid söcht. Dor weer ok jüs een beten ruhigere Tid, awers Vadder kreegen wi nich to seen. Doch denn funnen wi em. He sleep op een Förderband ganz fast. He harr sik dat op een poor leere Kurnsäcke mächti kommod moakt. He woakt ok nich op, als wi dor bi em stunnen un em fotografeerten. Wi fohrten denn torüch na Smerhörn und vertellten uns Modder de Geschicht. Se hett sik tämli amüseert, awers se muss uns verspreeken, em nichts to verstellen, wenn he na Hus keem.

As wi wedder ut de Ferien bi uns Hus weern, heff

ik mi hennsett un een Breef an uns Vadder schreewen. As Avsender geev ik de Hauptstelle vun de HaGe in Husum an:
„Sehr geehrter Herr Lorenzen, das beigefügte Foto wurde uns zugeleitet. Nennen Sie das etwa eine gute Arbeitsauffassung? Verrichten Sie Ihre Arbeit immer schlafend? Sollte sich das noch einmal wiederholen, sehen wir uns genötigt, Ihnen zu kündigen. Hochachtungsvoll, der Vorstand, gez. Seilram."
Uns Modder hett uns vertellt, datt uns Vadder ganz blass woarn is, als he de Breef leest hett. He hett sik ers moal doalsett. Datt kunn he gornich verstoan. De Lüüd ut de Hauptstelle, de arbeiten doch sünags nich un een Schipp harr dissen Sündag ok nich mehr foahrt. Wi sün de noa Pellworm koamen un hefft disse Foto moakt. He hett de Bref immer wedder leest un irgendwann villich hett uns Modder em ok een beten anstött, hett he de Ünnerschriff richti beluurt. Disse Noam Seilram weer em jo ok gornich bekannt. Villich hett min Modder ok seggt: „Allens, oak een noam hett twee Sieden." Dor hett he doch markt, datt disse

Noam „Seilram“ vun achtern leest, min Noam „Marlies“ weer, un dat ganze een Spos weer. Sin Kommentar: „De dor verrückte Deern“.

He hett mi denn ok glik anroapen un ik heff een ordentliche reis moakt, awers ik kunn ok marken, dat he nu ganz beruhigt weer, dat dat ganze blot een Spos weer. Wenn wi loater mol bin een Teepuns tosoamen seten hemm un dat um de Middachstid weer, denn weer immer eener dorbi, de seggt: „Minsch, jetzt een schöne Middachssloap op dat Förderband.“

All lacheden ründherüm, blot de de Geschich nich kennten, de verstunnen dat nich. Wi heff denn de Geschich gau vertellt un ok uns Vadder hett immer ganz hartli öwer disse Middachssloap lacht.

Marlies Hachenbergers Vater auf dem Fließband bei seinem Mittagsschlaf.

Der Mittagsschlaf

Wenn ich so zurückdenke, kann ich wohl sagen, dass unser Vater Johann der fleißigste Mann auf dieser Welt war. Den ganzen Tag über und auch noch abends hatte er immer etwas zu tun, nur die Mittagsruhe – meistens war es nur eine halbe Stunde – die nahm er sich immer. Darüber gibt es eine kleine Geschichte, und die geht so: Mein Mann, ich und unsere Kinder haben die großen Ferien meistens auf Pellworm verbracht. Die Kinder fanden es bei Oma und Opa wunderbar, auch wenn alle Leute um sie herum so komisch sprachen. Aber nach ein paar Tagen verstanden sie ihren Opa und die anderen Leute ganz gut. Meistens war in den großen Ferien auch die Kornzeit. Tag und Nacht waren Mähdrescher auf den Feldern zugange, und Traktoren mit zwei Anhängern fuhren das Korn zum Schiff oder in den großen Silo der HaGe[2], wo es eingelagert wurde. Unser Vater war zu dieser Zeit bei der HaGe als Mühlenmeister tätig. Er war dafür verantwortlich, dass die

---

[2]Handels Gesellschaft

ganze Maschinerie funktionierte und das richtige Korn in die richtigen Silos kam. Es gab natürlich unheimlich viel zu tun zu dieser Zeit. Die Traktoren voller Korn standen manchmal in einer langen Reihe und warteten darauf, dass sie abgeladen wurden. Zu dieser Zeit gab es auch keinen Sonntag bei der Arbeit, denn das Korn konnte ja nicht auf den Feldern stehen bleiben. So kam es, dass unser Vater auch sonntags arbeiten musste. Er war den ganzen Tag bei der HaGe. Mutti meinte, wir sollten unseren Vater mal bei der Arbeit besuchen. Also sind wir zur HaGe gefahren und haben unseren Vater eine ganze Zeit lang gesucht. Es war gerade eine etwas ruhigere Zeit, aber Vater war nicht zu finden. Nach einer Weile fanden wir ihn. Er war auf dem Förderband eingeschlafen. Er hatte es sich auf ein paar leeren Kornsäcken gemütlich gemacht und wachte auch nicht auf, als wir bei ihm standen und ihn fotografierten. Wir fuhren dann zurück und erzählten unserer Mutter die Geschichte. Sie hat sich sehr amüsiert und uns versprochen, dass sie ihm nichts erzählen würde, wenn er nach Hause kommt.

Als wir wieder zu Hause in Hamburg waren, setzte ich mich hin und schrieb einen Brief an meinen Vater. Als Absender gab ich die Hauptstelle der HaGe in Husum an:

„Sehr geehrter Herr Lorenzen,

das beigefügte Foto wurde uns zugeleitet. Nennen Sie das etwa eine gute Arbeitsauffassung? Verrichten Sie Ihre Arbeit immer schlafend?

Sollte sich das noch einmal wiederholen, sehen wir uns genötigt, Ihnen zu kündigen.

Hochachtungsvoll, der Vorstand, gez. Seilram.“

Unsere Mutter hat uns erzählt, dass unser Vater ganz blass wurde, als er den Brief las. Er musste sich erst mal hinsetzen, weil er es einfach nicht verstehen konnte. Die Leute an der Hauptstelle arbeiteten doch sonntags gar nicht, und ein Schiff war an diesem Sonntag auch nicht gefahren. Wie sind die nach Pellworm gekommen und haben das Foto gemacht? Er las den Brief immer wieder und irgendwann, vielleicht hat unsere Mutter auch ein bisschen nachgeholfen, setzte er sich richtig mit der Schrift und der Unterschrift auseinander. Den Namen „Seilram“ hatte er noch nie gehört. Vielleicht hat meine Mutter auch gesagt: „Alles, auch ein Name, hat zwei Seiten.“

Da hat er gemerkt, dass er den Namen von hinten lesen musste und dass es eigentlich „Marlies“ heißen musste. Sein Kommentar war: „Diese verrückte Dirne.“ Er hat mich dann auch gleich angerufen und mich gefragt, was ich mir dabei gedacht hatte. Aber ich konnte auch merken, dass er den Spaß verstanden hatte.

Wenn wir später mal bei einem Teepunsch zusammensaßen und es auf die Mittagszeit zuging, war immer einer dabei, der sagte: „Mensch, jetzt ein schöner Mittagsschlaf auf dem Förderband.“

Alle lachten mit, nur die, die die Geschichte nicht kannten, verstanden sie natürlich nicht. Wir haben dann die ganze Geschichte erzählt, und auch unser Vater hat herzlich über den Mittagsschlaf gelacht.

De wille Haohn

Op Smerhörn hemm wi veele schöne Familienfeiern hatt. Dor keem denn meist die ganze Familie tosoamen. Manchmal weer ok Onkel Anton ut Wesselburen dorbi, he weer der Bruder von uns' Vadder un he harr een „Oberbekleidungsgeschäft" in Wesselburen, wie he immer vertellt hett. He weer ok immer gut utstaffiert mit Antog un'n feinen Slips. Meist droach he Antöge ut Siiet, wenn dat warm weer, ok mitt een helle Farv. So wat wie „Eierschalenfarbig", najoa.

Een Mol woll he doach war rafting mit sin hellem Antog na de Swinstall runter. Neben de Swinstall weer aber de Höhnerstall. To de Tiet harrn wi en ganz wille Haohn. Wenn man dor över de Höhnerhoff leeb, dann sprung hee ob een to, pickt wie wild inne Been, un wenn man em een över de Kopp haut, dann naem ordentli Anloop un sprung een op de Kopp un in de Nack. Min Vadder harr immer een Stock dorbi, wenn he na de Swin un Schoape runnergüng. Wenn de Haohn em angreep, kreech hei een mit de Stock.

Manchmol muss man so tohauen, dat he platt leeg. Noa een poor Minuten stun heer op, schüttelt sik un mascheert ganz stolt to sin Höner henn.

Min Vadder harr to sin öllere Broder secht, dat he een Stock mitnehmen schull, weil de Haohn ob alle Mannslüt doal geiht. Onkel Anton meint aber, dass he doch keen Angst vor so een Haohn harr un geiht dör de Poort na de Swinstall runter. Een Ogenblick später keem de Haohn ok schon anfeecht, pickt ers Onkel Anton int Been un ass, he anfangt rumtubölken. Do wor hee ers recht wild un sprung em in de Nack un pickt op sin Kopp. Onkel Anton smeet sin Arms um sick, als weer he een Windmöhl, awer de Haohn seet fast in sin Nack. Ers ass Onkel Anton dür de Poort, weer sprung der Haohn von sin Nack över de Tuun noa sin Höner hin. De schöne helle Siidenantog weer över un över mit Hönerschiet voll un überall weer'n lötje Löcher von de Krallen, wo der Haohn rin hackt harr. Onkel Anton schimt luid un meint, dat man so een Haohn nich buten rumloapen loopen kann. „Disse Haohn is gemeingefährlich," secht he,

„de moat in de Pott.“

„Nee,“ secht min Vadder und grient, „dat is een feiner Haohn, de passt gut op sin Höner op un häld de Lüet, de allto nich hier sin von de Hönerhoff wech, und sonst mokt de ok alles ganz gut.“ min Vadder wiest ob de Kluck mit ihr fofftien Küken. Onkel Anton grummelt, „joa joa, een dolle Haohn.“

„Komm“ secht min Vadder, „trek dien Antogjack ut un nehm disse Stalljack, wie goan tosoamen runter to de Swinne, dor kannst du die mol de Soech mit sin zwölw Fargen ankieken.“

„Dor goa ik nich mehr runter.“ He sett sik in sin Mercedes un düst aff, um sik een nie Antog für die Familienfeier to hoalen. Min Vadder güng int Huus un kunn sik sin Lachen einfach nich verkniepen. Und abends bie de Feier hemm se all unner de Tisch leegen un hemm so gelacht. Owers, ik meen, min Vadder hät der Geschich ok mächtig utsmückt.

Der wilde Hahn

Auf Smerhörn haben wir viele schöne Familienfeiern gehabt. Da kam meistens die ganze Familie zusammen. Manchmal war auch Onkel Anton aus Wesselburen dabei. Er war der Bruder unseres Vaters und hatte ein Oberbekleidungsgeschäft, wie er immer sehr stolz sagte. Er war immer gut angezogen, mit Anzug und einem feinen Schlips. Meist trug er Anzüge aus Seide. Wenn es warm war, in einer hellen Farben wie „Eierschale".

Einmal wollte er mit seinem hellen Anzug in den Schweinestall, neben dem Schweinestall war aber der Hühnerstall. Zu der Zeit hatten wir einen ziemlich verrückten Hahn. Wenn man über den Hühnerhof lief, sprang er uns an, hackte uns wie wild ins Bein, und wenn man sich wehrte, nahm er einen Anlauf und sprang auf den Kopf in den Nacken. Mein Vater hatte immer einen Stock dabei, wenn er über den Hof ging. Wenn der Hahn ihn angriff, bekam er einen Schlag mit dem Stock. Manchmal musste man richtig zuschlagen und dann fiel er um. Nach ein paar Minuten stand er wieder auf, schüttelte sich und marschierte ganz stolz zu seinen Hennen.

Mein Vater hatte seinem Bruder gesagt, dass er den Stock mitnehmen müsste, weil der Hahn alle Männer angriff. Onkel Anton meinte aber, er hätte keine Angst vor einem Hahn und ging durch die Pforte zum Schweinestall. Der Hahn kam angelaufen, hackte Onkel Anton ins Bein, und als er den Hahn anschrie, wurde der wild und sprang auf seinen Kopf und hackte ihn dort. Onkel Anton schlug um sich, als wäre er eine Windmühle. Aber der Hahn saß fest im Nacken. Erst als er wieder durch die Pforte zurückging, flog der Hahn zurück zu seinen Hühnern.

Der schöne Anzug war voller Hühnerkacke, und überall waren kleine Löcher von den Krallen, wo der Hahn eingehackt hatte. Onkel Anton schimpfte laut und meinte, so einen Hahn dürfe man draußen nicht rumlaufen lassen. „Dieser Hahn ist gemeingefährlich“, sagte er, „der muss in den Topf oder in die Pfanne.“ „Nein“, sagte mein Vater, „das ist ein Hahn, der gut auf seine Hühner aufpasst und er hält die Leute fern, die

zu neugierig sind. Ansonsten ist er auch ganz gut.“ Und mein Vater zeigte auf die Glucke mit ihren 15 Küken.
„Ja, ja“, sagte Onkel Anton, „ein toller Hahn.“
„Komm“, sagte mein Vater, „zieh deine Anzugjacke aus, und du nimmst meine Stalljacke, und dann gehen wir zusammen zu den Schweinen. Da kannst du dann die Sau mit den 11 Ferkeln angucken.“
„Da geh ich nicht mehr runter!“, sagte Onkel Anton, setzte sich in seinen Mercedes und fuhr los, um sich einen neuen Anzug zu holen. Mein Vater ging ins Haus und konnte sich das Lachen nicht mehr verkneifen. Abends bei der Feier haben alle über die Geschichte gelacht. Ich denke, unser Vater hat auch mächtig übertrieben.

Schaubild 1: Beispiel für den wilden Hahn, der seine Hühner beschützt hat.

Gans schön Plietsch!

As uns Opa Korl op Smerhörn woanen däh, doar harr he in sin Stuuv so een Radio. He hört jeden Dach mehrmols de Noarichten. Ob Sünndach, wenn dat wedder slecht weer was, hört he ok de Predichten. Wenn avers dat Wedder gans goad weer, sett he sik ob sin olde Forrad un fort na nie Kaak, um in de Kaak de Predicht von Pastor Hansen to hörn.

Rosi, uns loetje Swester, luurt immer so een beten bit hei um de Kurv bi Smidt-Lucht herüm weer un güng dann in Opas Stuuv, um dor mit Stovdock een beten optokloarn. Doch se moakt ok noch wat anders. Se kaem mit em Stovdock rein, tofällig an den Knoop von dat Radio, wo de Sender instellt wurrn, so datt dor en anner Sender op weer.

Wenn Opa denn wedder tuhus weer und he sin Noarichten hörrn woll, keem dor gans wat anners. Denn reep Opa gau no Rosi, weil die Deern, wi he meint, am besten mit dat Radio umgahen kunn.

„Min loetje Dirn“, secht he denn, „in min

Rappelkiss is alles wedder dörenanner, kannst du dat mal wedder instellen, dat ik de Noarichten hörrn kann?“

Rosi wuss genau, wat een Sender dat weer, un harr dat gau weer torecht. „So, Opa“, secht se denn, „jetzt kannst du wedder de Noarichten hörrn.“

„Dat hast du fein gemoaagt“, secht Opa und drückt Rosi twenti Pennig in de Hoand.

Joa, so harr Opa sin Noarichten un Rosi güng aff mit eer 20 Pennig. Riek is se dorbi nich woarn, aver se harr immer een Groschen extra.

Sinnbild für das verstellen des Radios

Ganz schön Plietsch

Als unser Opa Karl noch bei uns auf Smerhörn wohnte, hatte er in seiner Stube ein altes Radio stehen. Er hörte jeden Tag mehrmals die Nachrichten. Am Sonntag, wenn das Wetter schlecht war, hörte er auch die Predigten. Wenn das Wetter gut war, setzte er sich auf sein altes Fahrrad und fuhr zur neuen Kirche, um dort die Predigt von Pastor Hansen zu hören.
Rosi, unsere kleine Schwester, passte immer auf, wenn er hinter der nächsten Kurve verschwunden war. Dann ging sie in Opas Stube, um mit dem Staubtuch ein bisschen sauber zu machen. Doch sie machte auch noch etwas anderes: Sie kam zufällig mit dem Staubtuch an den Knopf vom Radio, sodass der eingestellte Sender nicht mehr darauf war und ein neuer Sender lief.
Wenn Opa wieder zu Hause war und seine Nachrichten hören wollte, kam natürlich etwas ganz anderes. Dann rief Opa schnell nach Rosi, weil er meinte, dass sie am besten mit dem Radio umgehen konnte.

„Mein kleines Mädchen“, sagte er dann, „in meiner Rappelkiste ist alles wieder durcheinander. Kannst du das mal wieder einstellen, damit ich meine Nachrichten hören kann?“

Rosi wusste genau, welcher Sender eingestellt war, und kam schnell zurecht. „So, Opa“, sagte sie dann, „jetzt kannst du wieder deine Nachrichten hören.“

„Das hast du gut gemacht“, sagte Opa und drückte Rosi zwanzig Pfennig in die Hand. Ja, so hatte Opa wieder seine Nachrichten, und Rosi ging glücklich mit ihren zwanzig Pfennig davon. Reich ist sie dabei wohl nicht geworden, aber sie hatte immer einen Groschen extra.

För'n Sööten brukt man imer twee

Op Schütting bin ik in de Volksschool goan, bi Lehrer Nielsen. Dat weer een schöne Tied. De Schöler seeten all tosoamen in een Klassenruum un so weer ok jümmers wat los. De loetjen Kinner bookstabeerten ut de Fibel un moalten op de Linien in dat Schriifhef de Bookstoaven. De wat ölleren schreewen jüs een Diktat un eener von de ölleren Schöler weer buten in de Windfang un öwt mit een Klass Koppreken. He harr een ganse Barch loetje Pappkoarten. Op jede Koart stunn een Opgoav sowat wie fiv mull fiv un dördi dür züss. Op de anner Sied stunn denn dat, wat dor rutkem. He reep de Opgoav in de Runn un wer dat richti wuss, de kreech de Koart. Wer de meisten Koarten harr, dee kreech Punkte in dat Klassenbook goodschreeven för dat Tüchniss.

Lehrer Nielsen un sin Frau hem mit de Schöler jedes Joar to Winachten een Theoaterstück opföahrt. Dat weer för de meisten Schöler wat besonneres un ik heff mi immer freud, denn ik much girn wat vördreegen. Een Joar hemm wi

„Prinzessin Fremdebloom un Prinz Goldhaar“ speelt. Paul weer Prinz Goldhaar un ik de Prinzessin. In disse Stück muss de Prinz de Prinzessin tum Sluss een Sööten geewen. Awers dat weer nix för Paul. He hett sik gans mächti dorgegen weert. He kreech denn ok immer een gans rode Kopp un weer tämli verlegen. In de groote Paus hemm een por grötere Jungs Paul op de schoolhoff fasshooln un ik bin an em ran un heff em en opdrückt. Paul is denn ok knallrod wurn.

Ass wi denn dat Stück speelt hemm wi ok blos soan, as wenn wi uns een Sööten geewen. Awers de Lud hemm ordentli grient un klatscht un dat weer dat wichtigste.

Veele Joar loater heff ik Paul op Tammwarf droapen un doar meent he to mi „Nu kanns mi girn een Sööten geewen.“, awers nu wull ik nit meer.

Für einen Kuss braucht man immer zwei

Am Schütting bin ich zur Volksschule gegangen, bei Lehrer Nielsen. Das war eine schöne Zeit. Die Schüler saßen alle zusammen in einem Klassenraum, und so war auch immer etwas los. Die kleinen Kinder buchstabierten aus der Fibel und malten auf die Linien des Schreibheftes ihre Buchstaben. Die etwas älteren Schüler schrieben ein Diktat, und ein älterer Schüler war draußen im Windfang mit der Klasse und übte Kopfrechnen. Er hatte eine ganze Menge kleiner Pappkarten dabei. Auf jeder Karte stand eine Aufgabe, so ähnlich wie „5 x 5“ oder „30 durch 6“, und auf der anderen Seite stand das Ergebnis. Er rief die Aufgabe in die Runde, und wer sie richtig hatte, bekam die Karte. Wer die meisten Karten hatte, bekam im Klassenbuch Punkte fürs Zeugnis gutgeschrieben.

Lehrer Nielsen und seine Frau haben jedes Jahr zu Weihnachten mit den Schülern ein Theaterstück aufgeführt. Das war für die meisten Schüler etwas Besonderes. Ich habe mich immer gefreut, ich mochte es gerne, vorzutragen. Ein Jahr haben wir „Prinzessin Fremdebloom und Prinz Goldhaar“ gespielt. Paul war Prinz Goldhaar und ich die Prinzessin. In diesem Stück musste der Prinz der Prinzessin zum Schluss einen Kuss geben. Aber das war nichts für Paul, er hat sich sehr dagegen gewehrt. Er bekam immer einen roten Kopf und wurde ziemlich verlegen. In der großen Pause hielten ein paar Jungs Paul auf dem Schulhof fest, und ich bin an ihn herangetreten und habe ihm einen Kuss aufgedrückt. Paul wurde dann knallrot.

Als wir das Stück aufgeführt haben, haben wir nur so getan, als würden wir uns einen Kuss geben. Aber die Leute haben ordentlich gelacht und geklatscht, und das war doch das Wichtigste.

Viele Jahre später habe ich Paul auf Tammwarf getroffen, und da meinte er zu mir: „Nun kannst du mir gerne einen Kuss geben.“ Aber da wollte ich nicht mehr.

Een Geeschicht um't lewe Geld

Ik bün jo op Pellworm opwussen, un disse lütje Geschicht is ut mien Kinnertied op de Insel. Geld weer bi uns immer een beten knapp. Dat weer to disse Tied een por Johr no de grote Krieg woll öwerall so. Taschengeld för uns Kinner geev dat ok nich, dat weer doch blot niemoschen Koram. Awers wi könnten uns wat verdeenen. To'n Biespill, för eenmol Stall utmissen geev dat twee Groschen, dat sin hüttodoach 10 Cent. Awers för uns Kinner weer dat dormoals gor nich so weeni. För mi weer dat Staal utmissen awers to swor, so kreech ik de Hönerstaal opbrummt. Minsch, dat hett gans schön stunken, awers wat deit man ne allens för dat lewe Geld. Noa dat Middacheeten muss ik affwaschen, min Broder schull afdrögen, dat geev för jeden denn 5 Pennig. Wenn ik dat Woater op de Herd warm moarkt har un mit dat Geschirr anfung, nehm min Broder sin Book un verdünnisert sick na Tante Maier, een dormolige Utdruck för dat Plummsklosett. He keem ers torüch, wenn ik mit allens ferdich weer un kasseert sin 5 Pennig. Ik weer manchmol gans schön sütend. He meent, dat mit de Opwassch weer nu mol Frunsarbeit.

Uns Vadder müssen wi immer een poormol anmoahnen, bit he sin Knipp rutkreech un uns de verdeenten Groschen afftellt. Dat Dumme an disse Geschicht mit dat Geld weer awers, dat dat Geld veel gauer utgeven weer as wi dat verdeenen können. Nich wiet vun uns Huus woahnt de Koopmann Onkel Hein Diesen.In sin Koopmannsloaden stunnen de schönsten Glaspötte mit Buntjes. Wi mussen op de Soltkiss hochkrupen, anners kunnen wi nich öwer de Theke luuren. Wi köfften vun dat verdeente Geld meis verscheedene Sorten von Buntjes. Onkel Hein harr mit uns veel Geduld biet utsöken, he much nämli ok girn unse Geld lieden. Wenn uns Modder froagt: „Wer bringt die Mappen zu Tantje?“ Weer dor immer een große Andrang bi uns Kinner. Dor geev dat nämli ok wat to verdeenen. Uns Modder snackt jo meis Hochdüütsch mit uns Kinner, dormit wi in School ok de Lehrers verstahn können un uns nich to dusseli bi dat Diktat anstellen. Bi Tantje, eegentli heet se jor Tante Anna, geev dat een Groschen för dat Mappen bringen. Disse Mappen, dat weern Lesemappen ut de Lesezirkel, wo uns Modder Abbonentin weer. Bi Tantje geev dat nich blot Geld un een Tee mit Kluntjes, sonners as ik all een beeten öller weer un anfing to lesen, dor kunn ik mi bi Tantje de schönen Biller ut „Bild der Frau“ un de annern Illustrierten ankieken un de Unnerschriffen dor to lesen. To Hus güng dat nämli nich. Dor weer'n de Mappen in een Schapp insloaten. Dat weern för mi richti schöne Noamiddoage bi Tante. Mit uns Oma sünn wi an Sünndach aff un to moal ann Diek spazeeren goan. Denn keehrt wi uk schon moal in't Strandcafe in, wo dat denn för uns Kinner een Bruus geev. Wi mussen uns de Bruus deelen, denn 4 Groschen weer för uns Oma veel Geld. As wi denn wat öller weern, hebbt wi bi de Buurn op Feld Röben vertrukken oder Kartüffeln hackt um uns Geld för de Klassenfohrten to verdeenen. Wen dat Hau rinholt wör, heff wi ok Haupedden op de Böön makt, dat geev denn manchmol 50 Penning för de Dach. De Buurslüd hebbt uns immer ganz god betoalt ok wenn man secht, dat se eegentli giezige Lüüd sind. Schoad hett uns de ganze Arbeit as Kinner awers öwerhaupt nich. Nu bin ik all öller un min Kinner sind ok all grot. Ik heff versöcht, min Kinner dat een beten kloar to moaken, dat dat Geld nich so eenfach de Hand ophoaln kann för dat lewe Geld.

Eine Geschichte ums liebe Geld

Ich bin ja auf Pellworm aufgewachsen, und diese kleine Geschichte stammt aus meiner Kindheit auf der Insel.

Geld war bei uns immer ein bisschen knapp, das war wohl zu dieser Zeit, ein paar Jahre nach dem großen Krieg, überall so. Taschengeld gab es für uns Kinder auch nicht, das war doch neumodischer Kram. Aber wir konnten uns was verdienen. Zum Beispiel für einmal Stall ausmisten gab es zwei Groschen, das sind heutzutage 10 Cent. Aber für uns Kinder war das damals gar nicht so wenig. Für mich war das Stallausmisten zu schwer, so kriegte ich den Hühnerstall aufgebrummt. Mensch, hat das da gestunken, aber was tut man nicht alles fürs liebe Geld.

Nach dem Mittagessen musste ich abwaschen, mein Bruder sollte abtrocknen. Das gab für jeden 5 Pfennig. Wenn ich das Wasser auf dem Herd warm gemacht hatte und mit dem Geschirr anfing, nahm mein Bruder sein Buch und verschwand auf Tante Maier, ein damaliger

Ausdruck für unser Plumpsklo. Er kam erst zurück, wenn ich mit allem fertig war, kassierte aber trotzdem seine 5 Pfennig. Ich war manchmal ganz schön wütend. Er meinte aber, das Abwaschen wäre nun mal etwas für Frauen. Unseren Vater mussten wir immer ein paar Mal anmahnen, bis er sein Portemonnaie zückte und uns die verdienten Groschen auszahlte.

Das Dumme an dieser Geschichte mit dem Geld war aber, dass es viel schneller ausgegeben war, als wir es verdienen konnten. Nicht weit von unserem Haus wohnte der Kaufmann Onkel Hein Dietrichsen. In seinem Laden standen die schönsten Glastöpfe mit Bonbons. Wir mussten auf die Salzkiste krabbeln, anders konnten wir nicht über die Theke gucken. Wir kauften von dem verdienten Geld oft verschiedene Sorten Bonbons. Onkel Hein hatte viel Geduld mit uns beim Aussuchen.

Wenn unsere Mutter fragte: „Wer bringt die Mappen zu Tantchen?“, war immer ein großer Andrang bei uns Kindern, da gab es nämlich auch was zu verdienen. Unsere Mutter sprach meistens Hochdeutsch mit uns, damit wir auch

in der Schule unseren Lehrer verstanden und nicht so duselig beim Diktat anstellten.
Bei Tantje, eigentlich hieß sie Tante Anna, gab es einen Groschen fürs Mappenbringen. Diese Mappen, das waren Lesemappen aus dem Lesezirkel, bei dem unsere Mutter Abonnentin war. Bei Tantje gab es nicht nur Geld und eine Tasse Tee mit Kluntjes, sondern als ich ein bisschen älter war und anfing zu lesen, konnte ich bei Tantje die schönen Bilder aus „Bild der Frau“ und den anderen Illustrierten angucken und die Unterschriften lesen. Zuhause ging das nämlich nicht, die Mappen waren im Schrank eingeschlossen. Das war für mich immer ein richtig schöner Nachmittag bei Tantje.
Mit unserer Oma sind wir sonntags ab und zu mal am Deich spazieren gegangen, dann kehrten wir manchmal im Strandcafé ein, wo es für uns Kinder eine Brause gab. Wir mussten uns eine Brause teilen, denn 4 Groschen waren für Oma viel Geld.
Als wir dann älter wurden, haben wir beim Bauern Rüben verzogen oder Kartoffeln gehackt, um das Geld für eine Klassenfahrt zu

verdienen. Wenn das Heu eingeholt wurde, haben wir auf dem Boden das Heu festgetreten, das gab dann manchmal sogar 50 Pfennig für einen Tag.
Die Bauern haben uns immer ganz gut bezahlt, auch wenn man sagt, sie seien sehr geizig. Geschadet hat uns diese Arbeit als Kinder aber überhaupt nicht. Nun bin ich älter und meine Kinder sind auch schon groß. Ich habe meinen Kindern klar gemacht, dass das Geld nicht einfach so vom Himmel fällt, sondern man dafür hart arbeiten muss und nicht einfach immer die Hand aufhalten kann fürs liebe Geld.

Der alte Bauernhof auf Pellworm, auf dem sich die drei Geschwister mit etwas Arbeit, Geld dazu verdienen konnten.

Wiehnachten op Pellworm

Wiehnachten op Pellworm, dat weer jümmers wat gans Besönners. As wi Kinner, wat öller un ok utwussen, op Pellworm weer dat ruhi, hiemeli un gemütli, weil dat eenfach tohuus weer. Jüs in de Wiehnachtsdoaage hett man markt, dat wi Kinner Wiehnachten jeder een loetje beten anners seen hebt. Dorum lat ik hier de beiden Öllsten eenfach moal vertelln:

Marlies vertellt:
Wiehnachten op Pellworm weer för mi meis een Bild mit veel Snee op de Fennen un Stroaten. Und dat weer so koolt, dat man gau wedder in de warme Stuuv rin wull, wenn man een beten buten rumloapen weer. Awers dat Loapen in de Snee, un wenn Du um di rum keekst, weer dor blots een witte groote Deck. Joa, froer, dor geev dat noch een richtige Wintertied.
De Vörwiehnachtstied weern wunnerbore Doage, vull vun Geheemnissen, Wiehnachtsgeschenke utsöken un se versteken. Een poar Doage för Wiehnachtsavens woar de gude Stuuv afsloten, dormit wi Kinner dor nich

rumsnökern kunnen. Uk dat Slötelloch weer verkleevt. Jeder harr een loetje Wunschzeddel schreeven un ik meen, uns Wünsch weern doach tämli eenfach, wenn man süht, wat de Kinner sik hüütdodoags wünschen. Een wollen Mütz, een poar gode Steevel un villich för de Kinner tosoam een holten Sled. As wi wat oeller weern, geev dat ok moal wat groeteres. As Rosi, uns loetje Swester, so um bi tein oder elm Joar olt weer, harr se sik gans doll een Pladdenspeeler wünscht. Uns Vadder seegt glieks: „Nee min Kind, dat is veel to duur, dat ward nix."

Jüs een poar Doag för Wiehnachten weern wi all togang mid de nie Pladdenspeeler, as op eenmoal Rosi in de Dör vun de Woanstuuv stunn. Wi hem eer gau wedder in ehr Bed bröcht, awer de nächste Dach meents se, dat se wull teinmoal dat Leed „Weiße Rosen aus Athen" hört harr und dat weer doch gediegen, dat man in't Radio op een Slag tein Moal so een Leed spielt. Plietsch as se weer, hett se sik denn wull seggt, dat dat mit de Pladdenspeeler wull doch klappt harr.

Wiehnachtsavend sin wi all to Kark goan, meis na OKark. Blos uns Modder kunn nich mit, denn se harr joa de Goos in de Backaben un de muss jümmer begoaten warrn. Min Vadder meen nämli, dat dat ohn Goosbroaden keen Wiehnachten weer. Noa dat Gooseeten hem de Frunslüüd noch allens affwuschen. Jochen seegt den jümmer, joa ik drög denn af. Sünnerbor weer blos, dat he immer jüs bi'd Affwaschen op Tante Meier muss. He keem den mit sin Book in de Hand herrut un makt grote Ogen: „Wat jem sin all ferdi?“, froagt he denn gans verwunnert, un wi all wussen, dat he so lang op Tante Meier twöt harr, bitt de Larm ut e Kök vörbi weer.
Een Joar, as wi all öller weern, harrn wi uns Modder to Wiehnachten een Bowle-Set ut Glas schenkt. Bi de neegste Gastebott hett se dat mit de Bowle gliks utprobeiert. Dar geev Mandarinenbowle. De Mandarinen bleeven awer meis all öwer. De Lüüd wussen wull nicht, dat de Frücht bi so een Bowle am besten smecken. Na ja, uns Modder kippt de Mandarinen röver na de Höhner. De hem sik

mächti freud, denn se weern all duun un dümmelten op de Warf rum. Op dat denn uk gans besünnere Eier weern, de se achteran leegten, hett uns Modder uns nich vertellt.

Jochen vertellt:
Joa Wiehnachten op Pellworm, dat weer för de Kinner een wunnerbore opregende Tied un later as Öllere jümmer eenfach „Nahuuskoamen", verpuusten vun Unrust un Opstand op Fassland, in Roh bi de Familie ween un ok dat gude Eeten vun uns Modder to sik neemen. As Kinner weer dat ok mächti opregend. Besunners an de Wiehnachten, as ik min Fohrrad kreeg, de min Vadder awer doll opmöbelt harr mid de silverne Farv un een mächti groote Klingel dor dran. Nu weer ik twel wurn un muss na de Middelschool, un dorüm wünscht ik mi een nie Fohrrad. As wi denn in de gude Stuuv rin dursen un uns Geschenke ankieken können, keek ik ründrum un dor weer keen Fohrrad. So een loetje beten belemmert weer ik, awer dach glieks, dat weer wull eenfach to düer, dorüm güng dat nich un leet mi nix anmarken. De nie Ranzen för de

Middelschool weer ut fein Ledder, dor keem denn ok de Spos torüch. Op eenmoal seeg min Vadder: „Minsch, dor weer doch noch wat, hem wi hier ok nix vergetten?“
„Joa ik meen ok, dat dor noch wat weer.“, seeg min Modder un harr een grote Grientje in ehr Gesich.
„De Wiehnachtsmann hett uns doch noch wart för de Jochen in de Sloapstuuv rinstellt.“
Un dor mit güng he öwer de Deel ind de Sloapstuuv un keem mid een Fohrrad torüch. Un wat för een wunnervore Fohrrad. Grön Blau weer de Farv un vörn weer een Sportlenker, dat weer wat gans niees domoals.
„Und dat is min Rad?“, froagt ik richti verbiestert.
„Joa, dat is din Rad“, seegt min Vadder un ik meen meis, dat Modder un he een poar loetje Tranen in de Ogen harrn. Ik freud mi so, dat ik mit dat Rad in de Hand öwer de Deel dansen wull.
„Disse Rad loat ik nich mehr los.“, heff ik denn seegt, un neem dat Rad mit in de Stuuv, dormit ik dat de ganse Avend ankieken kunn. Wenn wi

de Geschenke utpackt harrn, denn keek man sik de Wiehnachtsteller an. Jeder kreef een bunte Teller ur Papp un dor weern Nööt, Appelsinen, een Barg Snoopkraam un af un to ok een Tafel Schokolade drop. Denn güng ok gliks de Tuuscherie los. Un an de Enne vun de Avend wunnerten sik min beide Swestern jümmer, dat se blos noch een par Nööt harrn un ik min ganse Teller full. Eenmoal harr ik dat wull een beeten dull mit de Tuuscherie dreeven un min Modder meent, ik muss dat all wedder torüch geeven. Minsch heff ik mi argert.

As wi öller weern un denn Wiehnachten na Huus keemen, dor harrn wi jümmer in de poar Doag vör Wiehnachtsavend tämli Spos. Poppenlustig wuur dat, wenn Rosi nich vertell wull, wat se uns Öllern schenken wull. Se moakt jümmer een mächti Gedöns um de Geschenke. Dat duert awer nich lang, denn wuss ik doch, wat se schenken wull.

Eenmoal harr se för uns Vadder een Slips köfft. As wi all üm de Disch in de Kök seetn, dor keek ik Rosi an und fung an, so in de Luff so een beten een Slips torech to rücken. Schon bölkt Rosi los un all keeken. Wenn se still bleeven weer, harr kin Minsch wat markt. Doch keeken se all op Rosi un de wiest op mi, un ik leeg meis unner de Disch vör lachen. Uk as se een nie Fleeschwulf schenken wull, dor heff ik blos so een beten mid min Hänne rumdreiht un scheef lacht, blos min Öllern de wussen nix. Mid de nie Huusschoo för min Vadder leep dat een beten dösig. „Disse Wiehnachten vertell ik görnix“, seegt Rosi gliks, as se op Smerhörn intrudelt. Un ik heff das worhaftig nich rutkreefen, was mi mächti argert hett. As wi de Dach vor Wiehnachten all in en Kök seeten, harr ik tämli dünne Strümp an un kreeg dorüm bilütten koale Fööt. „Trekkt dat jem ok an de Fööt?“, froagt ik in de Runn „Ik heff tämli koale Fööt.“ Dorbi keek ik rein tofällig Rosi an. Rosi kreeg een gans rote Kopp un weer mitmol richti füünsch. „Wi heest Du dat rutkriegen?“, bölkt se mi an.

„Deit mi leed ik weet nich, wat du meenst.“, seeg ik, „awer wenn du dat hier so vertellst, denn hett dat joa wull wat mid koale Fööt to doan.“ Joa, nu weer dat denn kloar, dat Geschenk weern warme Huusschoo, denn wollen Strümp harr min Vadder noag.

Joa, wi harrn veel Spos in de Wiehnachtstied un so manche Wiehnachten denk ik mid een beten Beduern an de schöne Wiehnachtstied torüch in disse loetje kommodige Huus op Smerhörn.

Foto von dem verschneiten Pellworm aus den Erzählungen von Marlies und Jochen.

Weihnachten auf Pellworm

Wiehnachten op Pellworm, dat weer jümmers wat gans Besönners. As wi Kinner, wat öller un ok utwussen, op Pellworm weer dat ruhi, hiemeli un gemütli, weil dat eenfach tohuus weer. Jüs in de Wiehnachtsdoaage hett man markt, dat wi Kinner Wiehnachten jeder een loetje beten anners seen hebt. Dorum lat ik hier de beiden Öllsten eenfach moal vertelln:

Marlies erzählt:
Weihnachten auf Pellworm war für mich meistens ein Bild mit viel Schnee auf den Wiesen und Straßen, und es war so kalt, dass man schnell wieder in die warme Stube wollte, wenn man ein bisschen herumgelaufen war. Aber das Laufen im Schnee war richtig schön. Unter den Schuhen knisterte der feste Schnee, und wenn du dich umgucktest, war um dich eine große weiße Decke. Ja, früher gab es noch eine richtige Winterzeit.
Die Vorweihnachtszeit war eine wunderbare Zeit, voll von Geheimnissen, Weihnachtsgeschenke aussuchen und sie

verstecken. Ein paar Tage vor Weihnachten wurde die gute Stube abgeschlossen, damit wir Kinder da nicht herum suchen konnten. Auch das Schlüsselloch wurde verklebt. Jeder hatte einen kleinen Wunschzettel geschrieben, und ich meine, unsere Wünsche waren damals ziemlich einfach, wenn man sieht, was sich die Kinder heutzutage wünschen. Eine Wollmütze, ein paar gute Stiefel und vielleicht für die Kinder zusammen einen hölzernen Schlitten. Als wir älter waren, gab es auch mal etwas Größeres. Als Rosi, unsere kleine Schwester, so ungefähr 10 Jahre alt war, hat sie sich innig einen Plattenspieler gewünscht. Unser Vater sagte gleich: „Nee, mein Kind, das ist zu teuer, das wird nichts.“

Ein paar Tage vor Weihnachten haben wir den Plattenspieler ausprobiert, als auf einmal Rosi in der Tür der Wohnstube stand. Wir haben sie schnell wieder in ihr Bett gebracht, aber am nächsten Tag meinte sie, dass sie wohl 10 mal „Weiße Rosen aus Athen“ gehört hätte und das wäre ja komisch, dass man im Radio 10 mal das gleiche Lied spielt. Pfiffig, wie sie nun einmal war, hat sie sich gesagt, dass das mit dem Plattenspieler wohl doch klappt.

An Heiligabend sind wir alle zur Kirche gegangen, meistens zur Alten Kirche. Bloß unsere Mutter konnte nicht mit, denn sie hatte ja die Gans im Ofen, die immer begossen werden musste. Mein Vater meinte nämlich, ohne Gänsebraten wär's kein Weihnachten. Nach dem Gänsebraten haben wir Frauen noch abgewaschen. Jochen sagte immer, dass er helfen würde, aber war wie immer auf der Toilette verschwunden. Er kam dann mit seinem Buch wieder raus, machte große Augen und sagte: „Was, ihr seid schon fertig?" Und wir alle wussten, dass er solange auf der Toilette gewartet hatte, bis der Lärm in der Küche vorbei war.

Einmal, als wir schon älter waren, haben wir unserer Mutter zu Weihnachten ein Bowle-Set aus Glas geschenkt. Bei der nächsten Feier mit Gästen hat sie die Bowle gleich ausprobiert.Es gab Mandarinenbowle. Die Mandarinen blieben aber fast alle übrig. Anscheinend wussten die Leute nicht, dass die Früchte bei solcher Bowle am besten schmecken. Naja, unsere Mutter kippte dann die Mandarinen zu den Hühnern, die haben sich sehr gefreut. Sie waren danach alle angesäuselt und torkelten auf unserer Warft herum. Ob das nun ganz besondere Eier waren, die sie anschließend legten, hat unsere Mutter uns nie erzählt.

Jochen erzählt:
Weihnachten auf Pellworm, das war für uns Kinder eine wunderbar aufregende Zeit und später, als wir älter waren, einfach dieses Nachhausekommen. Verpusten von Unrast auf dem Festland, in Ruhe bei der Familie und das gute Essen von unserer Mutter zu sich zu nehmen.
Als Kinder war das auch immer mächtig aufregend. Besonders an dem Weihnachten, als ich mein neues Fahrrad bekam. Ich hatte mit neun Jahren zu Weihnachten ein älteres Fahrrad bekommen, das unser Vater aber toll aufgemöbelt hatte. Silberne Farbe und eine sehr große Klingel hatte er angebracht. Nun war ich 12 geworden und musste zur Mittelschule,

und darum wünschte ich mir ein neues Fahrrad. Als wir dann in die gute Stube durften, um unsere Geschenke anzugucken, guckte ich mich um, aber da war kein Fahrrad. Ein bisschen betreten war ich ja schon, aber ich dachte mir, es wäre wohl doch zu teuer gewesen und ließ mir nichts anmerken. Der neue Ranzen für die Mittelschule war aus feinem Leder, da kam dann auch der Spaß bei mir zurück. Auf einmal sagte mein Vater: „Mensch, da war doch noch irgendwas, haben wir nicht etwas vergessen?"
„Ja, ich meine auch, wir haben etwas vergessen", sagte Mutter und hatte ein großes Grinsen im Gesicht.
„Der Weihnachtsmann hat doch für Jochen etwas in die Schlafstube gestellt."
Und damit ging mein Vater über die Diele in die Schlafstube und kam mit dem Fahrrad zurück. Und was für ein wunderbares Fahrrad! Grün und Blau waren die Farben, und es hatte einen Sportlenker. „Und das ist mein Rad?" fragte ich ganz verwundert.
„Ja, das ist dein Rad", sagte mein Vater, und ich glaube fast, Mutter und Vater hatten ein paar

Tränen in den Augen. Ich hätte am liebsten mit dem Fahrrad über der Schulter in der Diele getanzt. „Nein“, habe ich gesagt, „dieses Rad lasse ich nicht mehr los“ und nahm es mit in die Stube, damit ich es den ganzen Abend angucken konnte.

Wenn wir die Geschenke ausgepackt hatten, guckten wir uns unsere Weihnachtsteller an. Jeder bekam einen bunten Teller aus Pappe und da waren Nüsse, Apfelsinen und eine Menge Süßes drauf. Und ab und zu auch eine Tafel Schokolade. Dann ging auch gleich die Tauscherei los, und am Ende des Abends wunderten sich meine beiden Schwestern, dass sie nur noch ein paar Nüsse hatten und ich meinen ganzen Teller voll. Einmal hatte ich das wohl ein bisschen übertrieben mit meiner Tauscherei, und meine Mutter meinte, ich müsste einiges an die beiden zurückgeben. Mensch, habe ich mich geärgert.

Als wir älter waren und nach Hause kamen, hatten wir immer vor Weihnachten ziemlich viel Spaß. Sehr lustig wurde es, wenn Rosi nicht erzählen wollte, was sie den Eltern schenkte. Sie machte immer ein ziemliches Theater um ihre Geschenke. Es dauerte aber nicht lange, dann wusste ich, was sie schenken wollte. Einmal hatte sie für unseren Vater einen Schlips gekauft. Als wir alle in der Küche um den Tisch saßen, guckte ich Rosi an und fing an, so in der Luft ein bisschen den Schlips zurechtzurücken. Schon schrie Rosi los und alle guckten sie an. Wenn sie still geblieben wäre, hätte keiner etwas gemerkt. Doch alle guckten auf Rosi und sie zeigte auf mich, und ich lag mit dem Kopf auf dem Tisch vor Lachen.

Als sie einmal einen Fleischwolf an unsere Mutter schenkte, habe ich nur so ein bisschen mit den Händen herumgedreht, da ging es bei ihr schon wieder los. Marlies hat sich auch krumm und schief gelacht. Aber unsere Eltern wussten nicht warum.

Mit den neuen Hausschuhen für meinen Vater lief es ein bisschen merkwürdig. „Diese Weihnachten erzähle ich gar nichts“, sagte sie, als sie auf Smerhörn ankam. Und ich habe es auch wirklich nicht rausgekriegt, und das hat mich sehr geärgert.

Als wir einen Tag vor Weihnachten alle in der Küche saßen, hatte ich ziemlich dünne Strümpfe an, und ich bekam kalte Füße. „Zieht es euch auch so an den Füßen?“, fragte ich in die Runde, „Ich habe ziemlich kalte Füße.“ Dabei guckte ich zufällig Rosi an. Rosi bekam einen ganz roten Kopf und war sehr wütend. „Wie hast du das rausgekriegt?“, schrie sie mich an. „Tut mir leid, ich weiß nicht, was du da erzählst und meinst. Aber wenn du dich so benimmst, hat es ja wohl was mit kalten Füßen zu tun.“
Ja, nun war es klar. Das Geschenk waren warme Hausschuhe, denn Wollsocken hatte mein Vater genug.
Ja, wir hatten viel Spaß in der Vorweihnachtszeit, und so manches Weihnachten denke ich mit ein bisschen Bedauern an die schöne Weihnachtszeit zurück, in diesem kleinen, schnuckeligen Haus auf Smerhörn.

Mein Bruder Jochen ist nicht nur Teil meiner Geschichten, sondern hat auch seine eigenen Geschichten geschrieben. Diese hat er mir, für dieses Buch, zur Verfügung gestellt. Im Folgenden lest ihr also aus Jochens Perspektive.

Viel Spaß!

Boddermelksopp un Klümp

As uns Modder ins Krankenhus weer un uns Vadder blot een halve Minsch, dor keem Rosi na Hus un smeet de Husholt. Dor weer jo ok noch de ole Grootfadder Korl, de betütelt warrn muss. Ik weer ok tohus un speelt Buur as Hinnerk de Knecht. Ut disse Tied givt dat een lütte döntje.

Eens Dag seggt Rosi: „Weet ju wat, ik kock morgen mol beet Boddermelksopp un Klümp!"

„Jo min Kind", sä Opa, „dor heff ik bannig Appetit op!"

Ik sä gornix. Annern Dag, as dat Mittacheten op de Disch stunn, gev dat toerst noch Bratkartüffeln vörwech. Ik neiht mi een ordentliche Slag Bratkartüffeln op de Teller, ik harr nämli all mull son beten in de Pott mit Boddermelksoop rinluurt un dat keem mi meis son bet merkwürdi vör.

„Opa, wullt du ok noch een poor Kartüffelm?" frog ik.

„Nee, min Jun, ik will blot de fein Boddermelksopp eeten, dor freu ik mi schon de ganze Dach op."

Na denn man to, dach ik, un neem de Rest Kartüffeln op min Teller. Denn weer de groote Ogenblick dor, de Boddermelksopp dampt op de Disch. Opa neem sik ok glik een ordentli groot Lepel full, un mit disse Lepel weer sin Teller ok all överloopen full, denn ründ um de Lepel klevten twinti Klümp – de seegen ut wie Muursteen. Dor kunnst een Finster mit insmieten.

„Opa, wullt du noch wat Dünnes?“ froagt ik.

„Nee, min Jung, ik heff noag!“ seggt Opa. Ik neem mi een ni Lepel un blot een bet Dünnes, denn Opa harr jo sin Amol, awers ik harr dat nich. De Rest kreegen denn de Höhner. Ik meen meis, de veeckigen Eier het Rosi uns eenfach nich wiest.

Jo, dat weer de döntje vun de Boddermelksopp un Klümp.

Beispiel wie die Suppe im Topf ausgesehen haben könnte.

Buttermilchsuppe und Klöße

Als unsere Mutter mal im Krankenhaus war, war unser Vater nur ein halber Mensch. Da kam unsere Schwester Rosi nach Hause und schmiss den Haushalt. Denn da war ja auch noch Großvater Karl, der betüdelt werden musste. Ich war auch zu Hause und spielte den Bauern, wie Hinnerk, der Knecht. Aus dieser Zeit gibt es eine kleine Geschichte.

Eines Tages sagte Rosi: „Wisst ihr was, ich koche morgen mal Buttermilchsuppe und Klöße."

„Ja, mein Kind", sagte Opa, „da hab ich richtig Appetit drauf."

Ich sagte gar nichts. Am anderen Tag, als das Mittagessen auf dem Tisch stand, gab es noch Bratkartoffeln vorweg. Ich nahm mir eine ordentliche Portion auf meinen Teller, denn ich hatte schon in den Topf mit der Buttermilchsuppe geguckt, und die kam mir sehr merkwürdig vor.

„Opa, möchtest du auch noch ein paar Kartoffeln?" fragte ich.

„Nee, mein Junge, ich will bloß die gute

Buttermilchsuppe essen. Darauf freu ich mich schon den ganzen Morgen!“

Na gut, dachte ich, und nahm den Rest der Kartoffeln auf meinen Teller. Dann war der große Augenblick da: Die Buttermilchsuppe dampfte auf dem Tisch. Opa nahm sich auch gleich einen großen Löffel voll, sodass sein Teller fast überlief. Rund um den Löffel klebten zwanzig Klöße, die sahen aus wie Mauersteine; da könntest du Fenster mit einschmeißen.
„Opa, möchtest du noch was Dünnes?“ fragte ich.
„Nee, mein Junge, ich hab genug!“
Ich nahm mir einen neuen Löffel und nur ein bisschen von dem dünnen, denn Opa hatte ja sein Amol, aber ich hatte das nicht. Den Rest kriegten die Hühner. Die viereckigen Eier hat Rosi uns nie gezeigt.

Kappenfest

Nu geiht dat jo bald wedder los mit dat groote Karnevalsfieern. Bi uns Nordlüüd is dat nu nich ganz so wichtig, awer ik kann mi noch goed entsinnen, dat sik min Öllern gern mal de Umtöge in Köln un annerstwo in'n Fernsehen ankeeken hett. Denn hett se sik över de Jecks amüsiert, de doe överall in de Stroaten rumhüppten. Un ik heff ok hörn, dat dat in Marne, mitten in Dithmarschen, so een Karnevalsumtoog gifft. In de Karnevalstied mutt ik oft an de Tied denken, as wi Kinner weer. Anfang vun de fünfzigen Johrn harrn sik de meisten Lüüd so'n beten vun dat, wat in de Krieg passeert weer erholt. Dat geev wedder genuch to eten, de meisten Lüüd harrn Arbeit, de Tommi hoalt nich mehr de Bodder ut'n Schapp oder dat Swin ut de Swinstall un all Lüüd weer'n af un to ok gern mal wedder een beten vergnögt. Joa, dat weer ok so, dat man all dat, wat man in de Krieg versust harr, nu noahoalen wull.

Min Öllern Johann un Marie harrn jüs heirodet, denn güng dat ok all los. Doar woar fiiert, dat de

Hüüser wackelten. Dat bleev domols nich bloß bi een gemütlich Gastebott, nee – wenn bi Simmelund op de Diek dat Kappenfest losgüng, dor bleev keen Oog drög un keen Buddel Köm full. Wi Kinner, Marlies un ik – Rosi leeg noch in de Kinnerwoagen – beluurten dat jümmer, wat sik so afspeelt, an't Schloopen weer sowieso nich to denken. Dor weer een Singen un Dansen, Schunkeln un Stampen, dat wi meist ut de Betten fullen. Denn kreeg Johann de ole Quetschkoomod rut un wenn he anfing to speelen, denn woar dat in de Butendeel richti luid. All dansten wild dorcheenanner un wenn denn min Modder anfing to steppen, denn könnten se sik nich mehr inkriegen. Denn stampten se all mit'nanner in Takt, dat wi dachten, dat Huss faalt glik un anner. Wenn dat Fest denn to Enn hätt, güng dat erst so richtig los. Buten för de Huusdör fungen all an to singen. „Bei Johann brennt noch Licht, nach Hause geh'n wir nich." Un wenn wi Kinner ut dat Finster luurten, könnten wi sehn, wat de Ölleren för een Dümmtüch moakten. Dor trümmelten de Mannslüüd meist de Diek doon un dor stieg eener ropp op de Hauklamm, de op de Diek stunn un sung luuth: „Trink, trink Brüderlein trink, lass die Sorgen zu Haus…“ Un dorbei smeet he doch warhaftig een paar vun de Steen rünner, de dor boaben leegen, damit dat Hau nich wechflücht. Ik meen, meist eenmal hett de Mannslüüd sogaahr dat Swin ut de Swinestall loaten, bloß damit se in wille Jacht achter de Faagen de Diek herlopen kunnen. Dat weer joa wohl en Spaß. Joa, so'n Kappenfest geev dat awer nich bloß een Februar, dat güng de ganze Tied. All veertein Doag oder dree Weeken weer in irgendeen Huus wat los. So hett de jungen Lüüd domols versöcht, disse elendige Krieg een beten to vergeeten. Keen Soldoatenmütz mehr, lewer een drollige Kapp op de Kopp un denn fang dat an, dat wille Kappenfest.

Schweine auf dem alten Bauernhof auf Pellworm, wenn sie nicht gerade gejagt wurden.

Kappenfest

Nun geht's ja bald wieder los mit den großen Karnevalsfeiern. Bei uns im Norden war das nicht ganz so wichtig, aber ich kann mich noch erinnern, dass sich meine Eltern die Umzüge in Köln und anderswo im Fernsehen angeguckt haben. Dann haben sie sich über die Jecken amüsiert, die überall auf den Straßen rumhüpften. Und ich habe auch gehört, dass es in Marne, also mitten in Dithmarschen, auch einen Karnevalsumzug gibt.

In der Karnevalszeit muss ich ab und zu an die Zeit denken, als wir Kinder waren. Anfang der 50er-Jahre hatten sich die meisten Menschen ein bisschen erholt von dem, was im Krieg alles passiert war. Es gab wieder genug zu essen, die meisten Leute hatten Arbeit, der Tommy holte sich nicht mehr die Butter aus dem Schrank oder die Schweine aus dem Schweinestall und alle Menschen waren ab und zu auch mal wieder richtig vergnügt. Man hatte durch die Kriegsjahre einiges nachzuholen.

Meine Eltern, Johann und Marie, hatten gerade

geheiratet, danach ging es auch schon los. Da wurde gefeiert, dass die Häuser wackelten. Es blieb nicht nur bei einem gemütlichen Beisammensein, wenn bei uns auf dem Deich bei Simmelund das Kappenfest losging. Da blieb kein Auge trocken und keine Flasche Korn voll. Wir Kinder, Marlies und ich – Rosi lag noch im Kinderwagen – belauschten immer, was sich so abspielte. Ans Schlafen war sowieso nicht zu denken. Da war ein Singen, Tanzen, Schunkeln, dass wir meistens aus dem Bett fielen. Wenn Johann die Quetschkommode rausholte und anfing zu spielen, dann war es in der Diele so richtig laut. Alle tanzten wild durcheinander und wenn meine Mutter noch anfing, wild zu steppen, konnten sich alle nicht wieder beruhigen. Dann stampften sie alle miteinander im Takt, dass wir dachten, das Haus fällt gleich auseinander.

Wenn das Fest dann zu Ende ging, ging es erst richtig los. Draußen vor der Haustür fingen alle an zu singen: „Bei Johann brennt noch Licht, nach Hause gehen wir nicht." Und wenn wir Kinder aus den Fenstern schauten, konnten wir sehen, wie die Alten nur dummes Zeug machten. Da fielen die Männer fast den Deich runter, und einer stieg auf den Heudiem und fing lauthals an zu singen: „Trink, Brüderlein trink, lass die Sorgen zu Haus…“ Und dabei schmiss er ein paar Steine runter, die da oben lagen, damit das Heu nicht wegfliegen konnte. Ich meine, einmal haben die Männer sogar ein Schwein aus dem Schweinestall gelassen, nur damit sie hinter dem Ferkel auf dem Deich hinterherlaufen konnten. Das muss ein riesen Spaß gewesen sein.

So ein Kappenfest gab es nicht nur im Februar, das ging die ganze Zeit über. Alle 14 Tage oder am Wochenende war in irgendeinem Haus etwas los. So haben die jungen Leute von damals versucht, die elendige Zeit ein bisschen zu vergessen. Keine Soldatenmütze mehr, lieber eine drollige Kappe auf dem Kopf, und dann konnte es beginnen – das wunderbare Kappenfest.

De Katt, de snackt.

Op so een Buursteed geev dat fröher fass jümmer een Katt. Dor güng dat awer nich um op Sofa sitten un rumsnurren, ne, de Katt weer buten und up de Boen un jachtert achter de Müs her. De groten Katten weern ok hinter de Rotten her.

Wi harrn so een große Katt, de jeden Morgen een Rott för de Stalldoor daollegt hett. Se kreechn denn ok immer von min Vadder een schööne große Schüttel Melk hennsttellt. Jüs disse Katt keem op eenmol mit dree junge meis noch wille Katten ansleppt.

Ik weer domols knappe elf Joar old un ik wuss natürli, dat min Vadder disse dree loetjen Katten um de Eck brengen wull.

„En Katt is noach“, seggt min Vadder, „sonst warn dat immer mehr.“ Marlies un ik meenten awer, datt wi noch goot een tweete Katt bruken könnten. Wi fungen een vun de dree loetjen Katten un bröchten dat loetje Diert in een Verslach unner, de wi achter dat Hau in de Loh buut harrn. Uns Vadder kreech dat gornix mit, he wunnert sik blots, dat dor noch twee loetje Katten weern. Na joa, de weern ok bald nich mehr dor un de grote Katt leep een poar Doag unruhi up Stalldeel rum un söcht eer junge Katten. Denn funn se uns Katt in de Verslach un nu harr uns loetje Katt de ganse Melk von de Modder för sik. Mit de Tied woar se een richti smogge Katt. Doch dat weer een bet merkwürdig, dat disse Katt gans un gor op mi fixieert weer. Marlies keek se gornich an un wenn ik wech güng, leep se mi achteran. Dat ganse Gedöns üm de Katt kreech ok min Vadder mit, awer he hett nix seecht. Ik neam an, uns Modder harr em dat ok vörher schon vertellt.

Ass he de Katt to Gesich kreech, heff ik ok glik to emm seecht. Dat date en Wunnerkatt weer.

Wenn ik er nämli op de Arm harr un ik seech to er „Moin min Katt“, denn keem een kloare „Miau“. Min Vadder meent. Ik tüdel blots een beten rum, awer as he tweemol “Moin” to de Katt seecht un de Katt tweemol kloar „Miau“ secht, dor weer he denn doch baff.

Ik seech to em „Min Katt kann uk reeken“. „Min Katt“, seech ik, „Wie veel is twee un twee?“ De

Katt moakt veermol „Miau“. Min Vadder grient un froacht, ob de Katt uk tein un tein utreken kunn.
„Joa“ seech ik, „reken kann se dat, awer dat is to anstrengend för eer, twintch mol „Miau“ to seegen. Seech du mol twintch mol „Moin“, denn bis du uk de Puus.“
Enmoal keem min Vadder cun buten un meent, “Jochen, ik heff din Katt tweemol „Moin“ seecht, awer, de hett keen bet snackt.”
„Nee“, seech ik, „dat moakt se ok blots, wenn ehr op min Arm sitt, se brukt dorbi wull een bet Ruh. Wenn Fründe un Verwandte keemen, denn heff ik min Katt vörwiest un se hem sik mächtig wunnert, wie kloock disse Katt weer. Ass min Groottant vun’t Fastland to Besöök weer, heff ik eer de Katt ok wiest un se geev mi glatt 50 Pennig för disse wi se secht wunnerbore Vörstellung.
Irgendwann denn weer awer dat Snacken un Reken vörbi, weil de Katt mid eer Modder togang weer to lirnen, Mües to fangen. Dor harr se wull genau so een Spos mit as mit dat Snacken. Awers ok wenn dat Speel jetzt o Enn

weer, so meen ik, hett noch, dat de Katt ok Spos harr an disse Streetknieperie. Ass wi nämli een poor Doag öwt harrn, weer nämli blots een loetje beten Kniepen nödi dormit se „Miau“ secht. Un ik harr dorbi immer dat Geföhl, dat ehr dat Spos mokt. Awers vilivh weer dat ok blots een Geföhl von mi.

Die Katze spricht

Auf einem Bauernhof gab es früher immer eine Katze. Da ging es aber nicht um das Rumsitzen auf dem Sofa und Schnurren, nein, die Katze war draußen und auf dem Boden, um Mäuse zu jagen. Die großen Katzen waren auch hinter den Ratten her.

Wir hatten eine große Katze, die jeden Morgen eine Ratte vor die Stalltür legte. Dafür bekam sie dann von unserem Vater eine schöne, große Schüssel Milch. Diese große Katze kam einmal mit drei Jungen, meist noch wilden Katzen, angeschleppt.

Ich war damals gerade 11 Jahre alt und wusste, dass mein Vater diese drei kleinen Katzen nicht behalten wollte. Eine Katze ist genug, sonst werden es immer mehr. Marlies und ich meinten aber, dass wir noch gern eine zweite Katze hätten. Wir haben eine von den drei kleinen Katzen gefangen und das kleine Tier in einem Verschlag versteckt, den wir hinter der Scheune hatten. Unser Papa hat das gar nicht mitgekriegt, er hat sich dann nur gewundert, dass nur noch zwei kleine Katzen da waren. Naja, und die waren dann bald auch nicht mehr da. Die alte Katze suchte nach ihren jungen Katzen, fand dann den Verschlag, und die kleine Katze hatte die ganze Milch der Mutter für sich. Mit der Zeit wurde sie eine richtig hübsche Katze, doch es war merkwürdig, dass diese Katze ganz und gar auf mich fixiert war. Marlies guckte sie gar nicht an, und wenn ich wegging, lief sie mir hinterher. Das ganze Theater um die Katze bekam auch mein Vater mit. Aber er sagte nichts, ich nehme an, unsere Mutter hatte ihm das vorher schon erzählt.

Als er dann die Katze zu Gesicht bekam, habe ich ihm gleich gesagt, dass es sich um eine Wunderkatze handelte. Wenn ich sie auf dem Arm hatte und sagte „Hallo Katze“, dann kam ein klares „Miau“ als Antwort. Mein Vater meinte, ich tüdele so ein bisschen rum. Aber als er zweimal „Moin“ zu der Katze sagte, sagte die Katze zweimal klar „Miau“ antwortete. Da war er dann doch ganz baff.

Ich sagte zu ihm: „Meine Katze kann auch rechnen. Katze, wie viel ist zwei und zwei?“ Die Katze machte viermal „Miau“.
Mein Vater grinste und fragte, ob die Katze auch 10 und 10 zusammenrechnen könne.
„Ja“, sagte ich, „rechnen kann sie das, aber das ist zu anstrengend für sie, 20-mal ‚Miau‘ zu sagen. Sag du mal 20-mal ‚Moin‘, dann kommst du auch aus der Puste.“
Einmal kam mein Vater von draußen rein und meinte: „Jochen, ich habe deiner Katze zweimal ‚Moin‘ gesagt, aber sie hat nicht ein bisschen gesprochen.“
„Nein“, sagte ich, „das macht sie auch nur, wenn sie bei mir auf dem Arm sitzt, sie braucht dabei wohl ein bisschen Ruhe.“
Wenn Freunde oder Verwandte kamen, habe ich meine Katze immer vorgeführt, und sie haben sich sehr gewundert, wie klug meine Katze war. Als meine Großtante vom Festland zu Besuch kam, habe ich ihr auch meine Katze gezeigt, und sie gab mir 50 Pfennig für diese wunderbare Vorstellung.
Irgendwann war das Sprechen und Rechnen

mit der Katze vorbei, denn sie bekam von ihrer Mutter gezeigt, wie man Mäuse fängt. Da hatte sie wohl genauso viel Spaß daran wie beim Rechnen und Sprechen.

Aber auch wenn das Spiel zu Ende war, so meine ich heute noch, dass die Katze auch Spaß hatte an dieser Schwanzkneiferei. Denn als wir nämlich ein paar Tage geübt hatten, war nur noch ein kleines bisschen Kneifen nötig, und sie sagte „Miau“.

Ich hatte dabei immer das Gefühl, dass es ihr Spaß machte, aber vielleicht war das auch nur ein Gefühl von mir.

Schaubild 2: Eine Beispielhafte Katze aus Marlies Hachenbergers Leben. Es handelt sich nicht um die Katze aus der Geschichte.

-Ende-